ALIENTO PERRUNO

EL horrible problema de Hali Tosis

DAV PILKEY

SCHOLASTIC INC.

Para mamá y papá y Halle

Originally published in English in 1994 by Blue Sky Press as *Dog Breath*

Translated by Abel Berriz

Copyright © 1994, 2019 by Dav Pilkey
Translation copyright © 2019 by Scholastic Inc.

ISBN 978-1-338-56597-3

10 9 8 7 6 5 4 3 2 1   19 20 21 22 23

Printed in the United States of America   40
First Scholastic Spanish edition 2019

Diseño del libro de Dav Pilkey y Kathleen Westray

Las ilustraciones de este libro se hicieron usando acrílicos, acuarelas, lápices, marcadores y mostaza de Dijon.

Había una vez una perra llamada
Hali que vivía con la familia Tosis.
Hali Tosis era una perra muy buena,
pero tenía un gran problema.

Hali Tosis tenía un aliento horripilante.
Cada vez que Hali Tosis abría la boca,
pasaban cosas horribles.

Cuando los niños sacaban a Hali Tosis
a pasear, todo el mundo cruzaba

al otro lado de la calle. Hasta las mofetas evitaban a Hali Tosis.

Pero el verdadero problema surgió el día
en que Abuela Tosis pasó por la casa
a tomar el té...

y Hali le saltó encima a saludarla.

El Sr. y la Sra. Tosis no estaban contentos.
-Hay que hacer algo con ese perro
apestoso -dijeron.

Al día siguiente, el Sr. y la Sra. Tosis decidieron buscarle a Hali un nuevo hogar.

Los niños sabían que la única manera
de conservar a su perro era deshacerse
de su mal aliento, así que llevaron a
Hali Tosis a la cima de una montaña
cuyas vistas lo dejaban a uno sin aliento.

Esperaban que las impresionantes vistas le quitaran el aliento a Hali...

pero no fue así.

A continuación, los niños llevaron a Hali Tosis
a ver una película emocionante.

Esperaban que tanta emoción dejara a Hali
sin aliento...

pero no fue así.

Finalmente, los chicos llevaron a Hali Tosis a un parque de diversiones. Esperaban que Hali se quedara sin aliento en la veloz montaña rusa...

¡pero esa idea también apestaba!

Los planes de eliminar el mal aliento de
Hali habían fallado. Ahora, solamente
un milagro podría salvar a Hali Tosis.
Los tres amigos se dieron las buenas
noches con tristeza, sin saber que
un milagro estaba a punto de ocurrir.

Más tarde esa noche, cuando todos estaban
profundamente dormidos, dos ladrones
entraron con sigilo a la casa de la familia Tosis.
Ambos ladrones caminaban en puntas de pie
por las habitaciones a oscuras cuando,
de repente, se encontraron con Hali Tosis.

-Diablos -susurró uno de los ladrones-.
¡Es un perro malvado inmenso!
-Ay, no seas tonto -susurró el otro ladrón-.
¡Es solo un cachorrito lindo, pequeño y peludito!

Ambos ladrones soltaron una risita
al ver un perrito tan amistoso.
—Ese perro no podría matar ni una
mosca —susurró uno de los ladrones.
—¡Ven aquí, perrito, perrito! —susurró
el otro ladrón.
Así que Hali Tosis se acercó y les dio
a los ladrones un gran beso.

A la mañana siguiente, la familia Tosis se despertó y descubrió que había dos ladrones desmayados sobre el piso de la sala.

¡Era un milagro!

La familia Tosis obtuvo una gran recompensa por entregar a los bandidos, y muy pronto Hali Tosis se convirtió en el perro más famoso del país en la lucha contra el crimen.

Al final, el Sr. y la Sra. Tosis cambiaron de idea con respecto a encontrar un nuevo hogar para Hali, y decidieron quedarse con su maravillosa perra guardiana después de todo.

¡Porque la vida sin Hali Tosis
era simplemente *irrespirable*!